CHAT
TITKOK

SCHNÖRCH DÁNIEL

novum 📖 pro

Ez a **könyv**
e-könyvként
is elérhető

www.novumpublishing.hu

© 2023 novum publishing

ISBN 978-3-99146-213-2
Lektor: Sósné Karácsonyi Mária
Borítókép: A_B_C | Shutterstock.com
Borító, tördelés & nyomda:
novum publishing

www.novumpublishing.hu

Climate neutral
Print product
ClimatePartner.com/16547-2201-1002

A biztonsági szolgálatok illegális szoftverrel gyűjtik és elemzik az üzenetváltást különböző emberek között. Az egyik elemző munkatárs összegyűjtötte kedvenc üzenetváltásait. Ez az ő gyűjteménye.

Juleeee és Thomhy

Juleeee

Szia!

Én vagyok a piros pulcsis lány...
Tudom, a profilképemen nem
én vagyok, de hidd el!
Voltunk apuval megvenni, még
amit kell a suliba.

Thomhy

Csőőő
Ok

Juleeee

Szia! Ez a tanár hülye :D
Nézd már az a szoknyát!

Thomhy

Nincs itt a barátnőd, akkor ne-
kem fogsz írni?

Juleeee

Jól van, na, bocs, hogy élek.

Juleeee

Figyi! Bocs má', hogy neked
írok, de nektek volt bioszotok,
nekünk csak holnap. Milyen
volt? Kicsit félek a tanártól.

Thomhy
Furán beszél a csóka, de
amúgy normálisnak tűnik.
De nem kell boncolni, vagy
ilyesmi.

Juleeee
Boncolás :O Csak azt ne!
Remélem, csak viccelsz... kell
majd később?

Thomhy
Dehogy, csak vicceltem.
Minden hónapban lesz téma-
záró, de röpi nem.
Gyakorlatra lehet majd felada-
tot választani.

Juleeee
És miből lehet majd választani?

Thomhy
Holnap megtudod.
Megyek, mert dolgom van, alig
van net itt a kórházban.

Juleeee
Kórházban vagy????? Mi tör-
tént?????

Juleeeeee
Azért jól vagy? Remélem, nem
komoly

Juleeee
Ma nem jössz suliba? Beteg
vagy?

Juleeee
Jó, figy', hagylak akkor.
De ha akarsz dumizni, tudod,
hol találsz.

Thomhy
Szia!
Bocs, hogy nem írtam, nem
genyóságból.
Én jól vagyok, nem miattam
voltam kórházban.

Juleeee
Ja, ok!

Thomhy
Miért érdekel amúgy, mi van
velem?

Juleeee
Nem t'om... funny vagy.

Thomhy
Pl.?

Juleeee
Láttam, amikor bemesélted
annak a szőke madárnak, hogy
csak jövő héten lesz kezdés, és
hazament :D
Az nagy volt.

Thomhy
:D

Juleeee
Szóval, miért voltál kórház-
ban?

Thomhy
Hagyjuk.

Juleeee
OK

SZOMBAT

Thomhy
Szia.
Csinálsz valamit?

Juleeee
Szia!!!!!
Éppen hiperuncsi családi talál-
kozóóóóóó.

Thomhy
Biztos nem uncsi, ilyen helye-
ken mindig van valami vicces,
csak figyuzni kell

Juleeee
Hát, a mi családunk nagy bor-
ing-bánya.

Thomhy
Vannak kicsi gyerekek?

Juleeee
Igen... fura kérdés.

Thomhy
Figy', őket bármi hülyeségre
meg lehet tanítani 1 perc alatt,
aztán nézheted a szülők szen-
vedését.

Juleeee
Ez mekkora :DDDDDD
Van egy unokaöcsém, 3 éves,
mit tanítsak neki?
Buliiiiiiii!

Thomhy
Vidd be a konyhába, adjál neki
egy lábast meg fakanalat, ta-
nítsd meg dobolni.

Juleeee
Ok, pill'.
Hát ez rohadt nagy :DDDD
Itt rohangál a kis csíra, és veri
a „dobot".
Látnád a fejüket.
Hülyére röhögöm magam raj-
tuk.

11

Thomhy
| Szép munka, ifjú padavan.

Juleeee
| Jajj, csak azt a hülye Csillagok
| háborúját ne!

Thomhy
| Hogy lehet azt nem szeretni?

Juleeee
| Ja, jól van már, robothadsereg,
| ami nem talál el semmit? Mi
| van? Aztán kardoznak az ŰR-
| BEN? Érted, az ŰRBEN!
| Mert van űrhajó, de rendes
| fegyver nincs.
| Hagyjuk már!

Thomhy
| Jó, jó, jó, vágom.

Juleeee
| Most haragszol?

Thomhy
| Nem.

Juleeeeee
| És te micsi?

Thomhy
| Gamelek a srácokkal, de a
| healer afk,
| Nélküle nem megyünk raidelni.

12

Juleeee
Aha :DDDD
Ezt jól megaszondtad!
Ebből 3 szót értettem.

Thomhy
Nem baj.
Holnap ráérsz?

Juleeee
Nem tudom még, barátnőm
este lesz neten, majd kitalálunk valamit.

Thomhy
Ha nem tudnátok semmit kitalálni, lógunk együtt? Te meg
én?

Juleeee
Őőőőőőő
Mire gondolsz?

Thomhy
A pályaudvar mellett nyílt
meki
Még ott lesz Duzsu.

Juleeee
DUZSUUUUUU
Legnagyobb fan vagyok!
Menjünk!
Lécci!
Lécci!

Thomhy
Ok.
Akkor holnap a pályaudvarnál.
Van egy nagy óra.
Mondjuk 11-kor?

Juleeee
Oké.

Thomhy
Akkor holnap.
Megyek. Visszajött a healer.

Juleeee
Oksa.
Puszi.

VASÁRNAP

Thomhy
Itt vagyok az óránál.

Juleeee
Jövök, jövök, de lassú ez a csíra busz.
Látom az órát.
Megvagy :)

HÉTFŐ

Thomhy
Vagány csaj vagy.
Senki nem mert volna így odamenni Duzsuhoz.
Mikor értél haza?
Jól vagy?

14

Juleeee
| Ne mááááá'!
| Tök ciki vagyok.
| Ultragáz.
| Ne mondd el senkinek, légyszi!

Thomhy
| Szerintem majd látják a neten,
| mert Duzsu nyomta a live-ot
| közben :D

Juleeee
| Neeeeeeee!
| Be se megyek órára, felkötöm
| magam.

Thomhy
| Szerintem cuki voltál :)

Juleeee
| Ja, hagyjál már, milyen gáz!

Thomhy
| :DDDDDD
| Gyere be, az egyik droidnak
| szülinapja van, hozott tortát.

Juleeee
| Meggyőztél :DDD

Thomhy
| Megyek haveromhoz, majd
| írok.

Juleeee
| Oksa.

Juleeee
Órák után átjössz?
Apum itthon van, azt mondta,
szívesen látna.
De no para, jó fej.

Thomhy
Uhh, ez ilyen facecheck?
Anyáddal ketten fognak mére-
getni?

Juleeee
Nem kell parázni, anyám nem
lesz ott, neki a munka fonto-
sabb mindennél.
Biztos megy fontoskodni a sok
gyökérnek.

Thomhy
:DDD mer? Mér?

Juleeee
Valami osztályvezető, belehal-
na, ha nem menne be dolgozni
hajnalban.
Este gyakorol a tükörben, hogy
mit mond másnap.
Ultra gáz.

Thomhy
OK
Bocs, nem akartam beléd
mászni.

Juleeee
Ja, nem.
Ez nem érdekel senkit.
Bocs, hogy ezzel traktállak.

Thomhy
Nem traktor
Nem fractál
Hülye autocorrect!
Nem traktálsz, érdekel.

Juleeee
Aranyos vagy.
Sajnos anya állandóan dolgo-
zik, akkor is, amikor nem kéne.
Apának volt egy balesete, azó-
ta itthon van.
De ő legalább foglalkozik ve-
lem.

Thomhy
Milyen balesete volt?

Juleeee
Kamionsofőr volt.
Egyszer félreállt, mert valami
remegett, vagy mit tom én.
A kamion.
Kiszállt megnézni, mi van.
Pont akkor durrant el az egyik
gumi, amikor mellette állt.
Leszakadt az egyik lábfeje.

Thomhy
AZ DURVA!!!!!

Juleeee
...
Beszéljünk másról, jó?

Thomhy
Persze, bocs.
Mikor menjek át?

Juleeee
Sírok, várj.

Thomhy
Ne hari :(

Juleeee
Ma vagy holnap?

Thomhy
Ma jó, de 9. órám tesi, szóval
lehet, hogy büdös leszek :D

Juleeee
Nem hiszem :D
Tudod, zsebzuhany.

Thomhy
Ok
Hol laksz?

Juleeee
Megvárlak a sulinál és együtt
megyünk, ok?
Nincs messze.
Pár megálló.

Thomhy

OK
Végeztem, itt vagy?
Hol vagy?
Hahóóóóó!

Juleeee

Most nem jó.
Bocs.

Thomhy

Jól vagy?
Minden oké?

Juleeee

Majd holnap.

Thomhy

Ok
Jó éjt.

SZERDA

Juleeee

Ne hari a tegnapért.
BFF benyögött valami óriási
bullshitet és összevesztünk.

Thomhy

Ki? A copfos?

Juleeeeee

Igen, Szandra.

Thomhy

Mit mondott? Mi volt a baj?

Juleeee
Nem fontos, hagyjuk.
Mikor jössz át pofavizitre?
:DDDD

Thomhy
Prob péntek.

Juleeee
Prob?

Thomhy
Probably.
Talán.

Juleeee
Jaaaaa!
Az ilyenekhez szőke vagyok
:DDDD
Még mindig nem tudom, mit
jelent az akf :DDD

Thomhy
Nem akf hanem afk = away
from keyboard.
Nem vagyok a gépnél, annyit
jelent.

Juleeee
Felőlem :D
Te ilyen nagy angolos vagy?

Thomhy
Sokat játszom online.
Oda kell.

Juleeeeee
Angol barátaid vannak? Mr.
International :D
WOW!

Thomhy
Hát, nem igazán a barátaim.
Csak együtt játszunk.

Juleeee
Összejöttök néha bebaszcsiz-
ni? :DDD

Thomhy
2 srác francia.
1 albán.
Meg van egy maláj srác is.
Azt sem tudom, hol van az :D

Juleeee
Mármint Malajzia?

Thomhy
Az.

Juleeee
Megyek, anyám kicsinál.

Thomhy
Kitartást!
Szia.

Juleeee
Szia!

21

Juleeee
Jó reggelt!
Hogy aludtál?
Én valami hülyeséget álmod-
tam.
Volt benne minden állat :DDD

Thomhy
Szia.
Bocs, most nem tudok írni.

Juleeee
Rendebn, majd írj!

PÉNTEK

Thomhy
Szia.
Bocs.
Szar napom volt tegnap.
Majd elmesélem bent.

Juleeee
Check.

Thomhy
Check?

Juleeee
Most hallottam apámtól, hogy
pókerezés közben mondogat-
ják ezt.
Mint az ok.

Thomhy
| Ja, ok.

Juleeee
| És jössz ma délután?
| Apám kérdi.

Thomhy
| Beszélünk bent, jó?

Juleeee
| Ok...

SZOMBAT

Juleeee
| Szupi volt tegnap, hogy jöttél.
| Apa is bír.
| Az nagy szó.
| Sajnálom, hogy szomorú vol-
| tál.
| Mi volt a baj?
| Lehet, hogy könnyebb leírni.

Thomhy
| Apám alkesz.
| Néha annyit iszik, hogy men-
| tőt kell hívni hozzá.
| Nagyon ciki ezt leírni.
| Néha a szomszédok szedik ösz-
| sze, néha én.

Juleeee
| Sajnálom.

23

Thomhy
Szerintem halálra akarja inni
magát.
Szar ember.
Mindenki utálja.

Juleeee
Van kedved találkozni?

Thomhy
Én is utálom.
Nagy arccal leszól mindenkit,
pedig nincs semmije.
Pedig szánalmas.
Már engem sem tud megverni.
Erősebb vagyok nála.

Juleeee
Basszus...

Thomhy
Csak tudod, utálom, hogy en-
gem hívnak fel, hogy kaparjam
össze, mert megint seggrészeg.

Juleeee
Nem tudtam.

Thomhy
Szerencsére a te faterod nem
ilyen.
Jó neked.

Juleeee
:) Szerintem hamarosan meg-
oldódnak a problémák.

24

Én itt vagyok.
Bármikor hívhatsz.
Írhatsz.
Küldhetsz hangüzit.

Thomhy
Jó éjt.

Juleeee
Jó éjt.

VASÁRNAP

Juleeee
Van kedved kimenni a hídhoz?
Sétálhatnánk.

Thomhy
Jól hangzik!
Mikor és hol?

Juleeee
A szobornál, kettőkor?

Thomhy
Ott leszek!

Juleeee
Itt vagyok.

Thomhy
Én is :DDD
Fordulj meg MOST!

Juleeee
| Szia, Lovagom

        Thomhy
        | Lovag?
        | Ahhoz kéne egy ló is, nem?

Juleeee
| Az nagyon old school.

        Thomhy
        | Fantasztikusan éreztem ma-
        | gam!
        | Főleg azon a padon ;)

Juleeeeee
| Ajánlom is!
| Én is jól éreztem magam.
| Ilyet még sosem csináltam.
| Nagyon izgi volt.

        Thomhy
        | Kicsit pornós volt.

Juleeee
| Fújjj!
| Ne márrr!
| De gáz!
| Menjél akkor pornót nézni!

        Thomhy
        | Nem úgy értettem!
        | Sajnálom!
        | Naaaa!

Ne már!
Légyszi!
Válaszolj valamit!
Hahó!
Ping
Jó, figy', sajnálom, nem akar-
talak megbántani.

CSÜTÖRTÖK

Juleeee
Szia.

Thomhy
Szia, Hercegnőm!!!!!

Juleeee
Hercegnő?
Ez tetszik.

Juleeee megváltoztatta a nevét Hercegnőre

Thomhy
Azta!
Ilyen hatással vagyok az éle-
tedre?

Hercegnő
Szar hetem volt.
Ne idegelj!

Thomhy
Sajnálom.
Még egyszer bocsánatot kérel.

Hercegnő
Ha KÉREL, akkor KAPOL
:DDDD

Thomhy
Látom, jó kedved van.

Hercegnő
Igen.
Mert képzeld,
Hercegnő lettem az imént.

Thomhy
Ohhh!
Elnézést.
Majd meghajolok
:DDD

Hercegnő
Mi a hétvégi terv?

Thomhy
Egyik nagybátyámnak van méhészete, megyek segíteni.
Persze, kell a gyerekmunka...
Pénzt nem ad.
Cserébe szarrá csípnek a dögök.

Hercegnő
FML
Oda nem mennék.

Thomhy
És nálad?
Mentek valahova?

Hercegnő
Anyának van valami céges gathering hétvégén, megyünk mi is apuval.
Nem akarok menni,
de anyának fontos, menni kell.

Thomhy
Ok
Érezd jól magad,
Hercegnőm :)

Hercegnő
Majd megint megpróbálom valakinek megtanítani a lábason dobolást,
hogy vicces legyen :D

Thomhy
Hajrá, hajrá!

PÉNTEK

Hercegnő
Jössz ma? Zsolt az előbb sugárban hányt :DDDD
Lehet, hogy hazaküldenek mindenkit :D

Thomhy
Itt vagyok, jövök már.
Ezért van a sok mentő kint?

Hercegnő
Jaja.
Félnek, hogy ragályos.

29

Még páran összevomitoltak
mindent a sok hányás miatt.
Kár, hogy nem láttad.
Tetszett volna.

Thomhy
Látok elég hányást otthon,
kösz.

Hercegnő
Jól van, tudod, hogy értem.

Thomhy
;)

SZOMBAT

Hercegnő
Megyünk erre a fosra.
Írok, ha tudok.
Remélem, nem mucsára me-
gyünk.

Thomhy
Ha nagyon unatkozol, húzd
meg a tűzjelzőt :DDD

Hercegnő
Hülye :DDDD
Na, puszi.

VASÁRNAP

Thomhy
Na, milyen volt?
Túlélted?

HÉTFŐ

Thomhy

Ma nem jössz?
Vártalak a büfénél a többiek-
kel.
Szandra is egész normális volt
magához képest.

KEDD

Thomhy

Kezdek aggódni.
Hívtalak, de nem vetted fel.
Jól vagy?
Hahó!
Hercegnő!!!!

SZERDA

Thomhy

Kérdeztem a többieket, nem
mondanak semmit.
Mi van veled?
Haragszol?
Valami rosszat mondtam?
Kérlek, válaszolj!

CSÜTÖRTÖK

Thomhy

Te így szakítasz?
Kapd be!
Nem válaszolsz...
Mit csináljak még?

Hercegnő
Sajnálom.
Anya nem védett meg.
Sajnálom.

Thomhy
Vedd fel, kérlek!
Vedd fel!
Vedd fel!
Írj!
Kérlek, Hercegnőm

EGY HÉTTEL KÉSŐBB

Thomhy
Ok, hogy velem nem akarsz
beszélni,
de a barátaiddal sem?
Miért nem jársz be?

Az üzenet továbbítása sikertelen.
„Hercegnő" profilja megszűnt.
Az emlékoldalon az alábbi linken
tudja kifejezni részvétét
...

Fakesz és Zsombi

Fakesz
| Jössz a cosplay showra?

Zsombi
| Jaja.
| Tesómmal, elvisz a haverjaival.

Fakesz
| Azt hittem, együtt megyünk.

Zsombi
| Bocsi, haver, majd hazame-
| gyünk együtt.
| Dél körül érünk oda.

Fakesz
| OK

Zsombi
| Itt vagyunk a 3 méteres Dead-
| pool-figuránál
| Nem tudod eltéveszteni :D

Fakesz
| Hol vagytok?
| Ja, ok, látom.

Fakesz
| Ez király volt. Csak kár, hogy
| átkúrtál és eleléptél.

33

Zsombi
Ne haragudj.
Azt hittem, csak ki akarnak
ugrani.
Aztán lett belőle egy kis okos-
ság.

Fakesz
Jaj, ne már te is!
Mi jó abban a sz.rban?
A magas gyereken látszott,
hogy nem tiszta.
Te is le fogsz csúszni.
Csöves leszel.

Zsombi
Bocs, ANYA.
Ja, nem ide, mert nem vagy az
anyám :D
No para. Nincs semmi bajom.

Fakesz
Te vagy a legjobb barátom.
Aggódom érted.
Anyád tudja amúgy?

Zsombi
Nem.
ÉS NEM IS FOGJA, ÉRTED?

Fakesz
Jól van, jól van.

Zsombi
Bent találkozunk, mindjárt ott
vagyok.

Fakesz
Ok
Este gémelünk?

Zsombi
Jaja.

Fakesz
Hazaértem, egy óra múlva me-
gyünk farmolni?

Zsombi
Melyik szerver?

Fakesz
Hádész

Zsombi
Ok, ott folyt.

PÉNTEK

Zsombi
Mész akkor abba a hülye tá-
borba?

Fakesz
Miért hülye?

Zsombi
Ha én nem vagyok ott, csak
hülye lehet.

Fakesz
Oh, de.
Bocs, Boss.

Zsombi
| Kivel lógjak majd addig?

Fakesz
| Csak ne a tesódékkal.

Zsombi
| Miért?
| Tök jó fejek.

Fakesz
| Most megyek pakolni.
| Cső.

Zsombi
| Cs

SZOMBAT

Fakesz
| Bazz!
| Itt csak napi félórát lehet ne-
| tezni.
| Ezt megszívtam.

Zsombi
| Ezt meg :D
| Mondtam, hogy hülyeség.

Fakesz
| Te mit csináltál ma?

Zsombi
| Semmit.

Fakesz
Bocs, hogy nem írtam.
Nagyon fárasztó ez a cucc.

Zsombi
No prob.
A tegnap nekem is heavy volt
tesómékkal.

PÉNTEK

Fakesz
Mondtam anyáméknak, hogy
még egy hetet nem akarok itt
lenni.
Erre azt mondja, drága volt, él-
vezzem.
Kösz.

Zsombi
Jaja.
Mikor mész?

Fakesz
Hova?

Zsombi
Hát, ahova mész.
Táborba.

Fakesz
Már itt vagyok egy hete.
Mi van veled?

Zsombi
| Király VAGY!

SZERDA

Zsombi
| Fiyg
| Adj már kölcsön kicsit.
| Eskü, megadom.
| Utalsz?

Fakesz
| Mennyit?
| Mire?

Zsombi
| Egy húszast
| Köszi.
| Király VAGY!

PÉNTEK

Fakesz
| Figy'!
| Most írt Zotya.
| Tőle is lejmoltál?

Zsombi
| Jó, hát kellett.

Fakesz
| Mire?

Zsombi
| :D

38

Fakesz

Ennyire rákattantál arra a
sz.rra?

Zsombi

Dehogy.
Mindent kezemben tartok.
Akkor hagyom abba, amikor
akarom.
De most nem akarom.
Olyan jó.
Neked is ki kéne próbálnod.

Fakesz

Biztos nem.
Bele is halnék.
Szívem nem bírja.
De én erre nem adok zsét.
Amit adtam, mikor adod visz-
sza?

Zsombi

Nyugi, nyugi.
Visszaadom.

Fakesz

Mikor?

Zsombi

Majd.

Fakesz

Hétfőn jössz be?

Zsombi

Persze.

Fakesz
| Te aztán jó szarul nézel ki.
| Pedig csak messziről látlak.
| Kajálunk együtt majd?

Zsombi
| Jaja.
| Otthon felejtettem a pénzem.
| Meghívsz?

Fakesz
| Adok az enyémből.

Zsombi
| OK

Fakesz
| Jössz gamelni?

Zsombi
| Nem tudok.

Fakesz
| Miért? Mész megint beállni?

Zsombi
| Nem.
| Nincs gépem.

Fakesz
| Megint elfüstölt a videókár-
| tya?

Zsombi

Nem.
Tesóm haverja megvette jó
pénzért.
Úgysem játszom mostanában.

Fakesz

Mindent eladsz?
Visszaadod belőle a pénzt?

Zsombi

Ja, hát annyi nincs már belőle.

Fakesz

Hagyd abba a cuccozást!
Már most le vagy csúszva.
Büdös is vagy.

Zsombi

Jaj, de odáig vagy magadtól,
gazdag gyerek!
Mászál vissza anyád seggébe!
Rohadjál meg!

Fakesz

Kapd be!

MÁSFÉL ÉVVEL KÉSŐBB

Zsombor

Szia, Peti.
Hajlandó vagy szóba állni ve-
lem? Sok minden történt ve-
lem mostanában.
Hiányzott a barátom.

41

Fakesz

Hello.
Láttam, hogy elvittek a rendőrök, de senki nem mondott semmit.
Anyádat kérdezni akartam, de nagyon sírt mindig.

Zsombor

Igen, börtönbe kerültem.
1 év.
Azóta van egy felügyelőm.
Terápiára is járok.
Kell is.
Ott javasolták, hogy keressem meg a régi barátokat.

Fakesz

Az durva.
Leálltál az okossággal?

Zsombor

Az tuti.
Nem ér annyit,
ami a börtönben történik.
Semmi nem ér annyit.

Fakesz

Elmeséled majd?

Zsombor

Majd.

Fakesz

OK
Örülök, hogy jobban vagy.

Zsombor
Én is.
Ha gondolod, tudunk farmol-
ni, szereztem gépet.

Fakesz
Most mást tolok, de küldök
meghívót.
Nézd meg, tetszik-e.

Zsombor
Köszönöm.

CSÜTÖRTÖK

Zsombor
Jó ez a game.
Tetszik.

Fakesz
Sejtettem, hogy bírni fogod.
Tesódékkal mi van?

Zsombor
Együtt vittek el minket.
Tesóm többet kapott,
mert rossz befolyással volt
rám,
azt mondta a bíró nyanya.
De ő másik kóterba került,
2 hét múlva szabadul ő is.

Fakesz
Dolgozol most, vagy mi van?

Zsombor
A felügyelő ember intézett va-
lamit, délután megyek meg-
nézni. Valami futószalagos
munka. Több mint a semmi.
És kell a pénz, mert anyám
nem enged haza.

Fakesz
És hol laksz most?

Zsombor
Van egy szálló olyanoknak,
mint én. Elég gáz, de jobb, mint
csövezni.

Fakesz
Ok

HÉTFŐ

Zsombor
Bocs, hogy nem írtam, de fel-
vettek, és már elkezdtek beta-
nítani.
Éjszakásnak raknak be először.

Fakesz
Akkor nem sokat fogunk
gamelni.

Zsombor
Megoldjuk.
Minden megoldódik,
még ha nem is úgy tűnik.

Fakesz
| Nagyon bölcs lettél :D

Zsombor
| Igen, a börtönben sokat tanul
| az ember.
| Hogy mennyi kínzást, gyötrést
| el tud viselni, hogy milyen fáj-
| dalmakat bír elviselni a test...
| terrorban élni hónapokig.

Fakesz
| Ennyire rossz volt?

Zsombor
| Peti, el sem tudod képzelni,
| miket csinálnak, és senki sem
| segít. 10-en voltunk, amikor
| bekerültem.
| Az volt a beavatás, hogy meg
| kellett innom 2 liter vizet egy
| húzásra.
| Aztán körbeálltak, és minden-
| ki teljes erőből gyomorba vá-
| gott.
| Volt, hogy zoknit gyömöszöl-
| tek be hátra, és röhögtek, ami-
| kor húzták ki.
| Utána azt kellett hordanom.

Fakesz
| Te jó ég!!!!
| Ez nagyon durva.
| És a börtönőr nem segít?

45

Zsombor
Azok ilyenkor nem néznek
oda. Direkt hagyják.
„Ez a sitt, mit vártál?"
Ezt mondogatta az egyik da-
gadék.
A körlet főnöke védelmi pénzt
szedett, de nekem nem volt
pénzem, így használt.
Mindenre.

Fakesz
NAGYON SAJNÁLOM.
Ezt nem érdemelted.

Zsombor
Megyek készülni.
Hello.

Fakesz
Hali.

KEDD

Zsombor
Jó volt a meló, hamar elrepült
az idő.
Nem is kérdeztem, veled mi
történt, annyira magammal
vagyok elfoglalva.

Fakesz
Hát, velem nem történt túl sok
minden.
Összejöttünk a Rékával. Jár-
tunk fél évet, de szétmentünk.

46

Autóbalesetben meghalt a
Léni.
Kaptam egy robogót a szüle-
tésnapomra, de két hét után
összetörtem.

Zsombi
Uhh, nem lett bajod?
Milyen Léni?

Fakesz
Eltört a sípcsontom, két hét
kórház.
De az sem volt tragédia.
Anya intézett egy jó kórházat,
még PS is volt.
Az a Léni, akinek rendőr az
apja.

Zsombi
Én is bekerültem a börtönkór-
házba egyszer.
Félő volt, hogy sztómát kapok.
De utána legalább békén hagy-
tak.
Kikerültek a nehézfiúk a zár-
kából.

Fakesz
:(:(:(

Zsombi
Pénteken gémelünk?

Fakesz
Rendben!

Zsombi
| Mehet?

Fakesz
| Mehet!

Zsombi
| Na, hát ez nagyon baba lett.

Fakesz
| Ha ilyen a tribe, akk köny-
| nyű :D

Zsombi
| Ez nagyon hiányzott.
| Kedden kijön tesóm is.

Fakesz
| Anyád is megy?

Zsombi
| Nem hiszem.
| Nem tudom.

KEDD

Fakesz
| Milyen volt?

Zsombi
| Sokat sírtunk.
| Jó volt nagyon.
| Ő is azon a szállón lesz, amin
| én.

Segítek neki majd beilleszkedni.
Anya is eljött.
De nem enged haza minket,
csak ha visszaadtuk, amiket
elloptunk meg eladtunk tőle
annak idején.

Fakesz
Remélem, most már rendben
lesz minden.

Zsombi
Igen!
Megyek dolgozni.

CSÜTÖRTÖK

Zsombi
Munka után megyünk tesó-
mékkal bandázni, jössz?

Fakesz
Munka után? Hajnalban?
Jó ötlet velük lógni?

Zsombi
Persze, nem vagyunk már
olyan hülyék, mint régen.

Fakesz
Nem tudok menni,
de kösz, hogy hívtál.

49

Fakesz
Téged láttalak a buszról?
Eskü, láttam valakit, aki rád
hasonlított.
Fetrengett a padoknál.

Zsombi
Király VAGY
Figyi'
Tudnál adni egy kis pénzt?
Egy húszast?
Eskü, megadom,
de most nagyon kéne...

Fakesz kilépett a beszélgetésből

Léni és Tamás

SZERDA

Léni

| Apu, figyelj!
| Ráérsz? Hívjál fel, lécci!

Tamás

| Jó.

Léni

| Még mindig nem értem.
| Miért nem kaphatok egy autót?
| Egy olyan kicsi, cukit.
| Nem kell nagy.

Tamás

| Az előbb beszéltük meg telefo-
| non, hogy nem kaphatsz.
| Felelőtlen vagy.
| Nem állsz készen.

Léni

| Jajj, ne már!
| Ez olyan hülyeség!
| A telefonom is megvan már 2
| éve, és nem tört össze!!!!!

Tamás

| Jó éjszakát, kislányom.

Léni

Mit fogunk csinálni a hétvégén?
Zsolt győzködött, hogy menjek velük túrázni.
Mi van ezzel az emberrel?
Pont túrázni akarok vele meg anyával...
Nem is értem, mit akar ettől a lúzertől.

Tamás

Gondolom, próbál veled is jobban ismerkedni.
Régen szerettél kirándulni.

Léni

Igen...
Meg régen szerettem a Micimackót is.
Szóval?
Mit fogunk csinálni?

Tamás

Van valami film, ami érdekel?
Elmehetünk moziba szombaton, vasárnap meg fellépnek a közösségi házban utcai táncosok.

Léni

APAAAAAA!
Ne már!

Utcai táncosok?
Figy', majd én kitalálok prog-
ramot.

Tamás
Jó, csak ne legyen túl messze.

Léni
Lövészet? Van ilyen program.

Tamás
De hát még nem vagy 18.

Léni
Nem is kell.
Szülői felügyelettel lehet menni.

Tamás
Csodálkozom rajtad.
Tűsarkú csizmában akarsz lö-
völdözni?

Léni
De :D
Van másmilyen cipőm is.

Tamás
Ezt szombatra gondoltad?

Léni
Felhívod őket? Én nem szere-
tek telefonálni.

Tamás
Velem elég sokat telefonálsz,
gyerek.

Léni

Jó, de az más.
Az nem olyan cringe.

Tamás

Nekem ilyen szavakat hiába
írsz.
Írjál a szép magyar anyanyel-
veden!

Léni

OK, boomer.

Tamás

Ne legyél szemtelen!

Léni

Jó, sajnálom.
Felhívod őket?

Tamás

Igen.

Léni

Köcce.

Tamás

Vasárnap van helyük, délután.
Onnan majd viszlek vissza
anyádékhoz.

Léni

Jó.
Szombaton csinálhatnánk azt,
hogy átnézem a cuccaimat a
régi házban.

Van egy lány a csoportban,
nincs sok mindenük.
Viszek neki pár rucit.
Mindennap ugyanaz van rajta.

Tamás
Jó.
Jó éjt, kislányom.

SZOMBAT

Tamás
Indulok most.
2 óra múlva ott vagyok.

Léni
Basszus!
Elaludtam.
Sietek!!!!!
Bocsi, bocsi, bocsi!

VASÁRNAP

Tamás
Jó éjt, kislányom.

HÉTFŐ

Léni
Naggyon menő volt a gépfegy-
ver!
Mutattam Katinak a képeket.
Mint valami anime.
Vehetek egy pisztolyt????

Tamás
| Szerinted ha autót nem kap-
| hatsz, akkor pisztolyt igen?

Léni
| :D :D :D
| Anyáék furák voltak, amikor
| hazaértek.
| Biztos veszekedtek.

Tamás
| Szoktak veszekedni?

Léni
| Legtöbbször kisöcskös miatt.

Tamás
| Megyek, kezdődik a szolgálat,
| nem lehet nálam telefon.

Léni
| Jó munkát, apu.

Tamás
| Ma már nem hívlak.
| Az egyik „ügyfél" sokáig tar-
| tott.
| Jó éjt, kislányom.

KEDD

Léni
| Cuki, hogy a bűnözőket ügy-
| félnek hívjátok.

56

Tamás

Egyszer az egyik buszmegállóból kapartunk össze egy csávót. Borzasztóan be volt állva. Nem sok fogalma volt, mi történt. Még másnap is részeg volt, de akkor követelte a panaszkönyvet, mert nem megfelelő a kiszolgálás, pedig itt ő az ügyfél, és neki igaza van. Azóta minden hülyét ügyfélnek hívunk.

Léni

LOL
Holnap megyünk osztálykirándulni.
Lehet, hogy nem tudok majd gyakran írni.

Tamás

Nem baj, érezd jól magad.
Hova mentek?

Léni

Valami hiperérdekes barlangba.
Kati azt mondja, megfogdossuk a köveket, hogy tényleg kőből vannak-e

Tamás

Jó éjt, kislányom.

SZERDA

Tamás
| Jó éjt, kislányom.

CSÜTÖRTÖK

Tamás
| Jó éjt, kislányom.

PÉNTEK

Léni
| Na végre, van újra net.
| De szar volt ez!
| Holnap jössz értem reggel?

Tamás
| Igen, megyek korán.

Léni
| Várlak nagyon!

Tamás
| Jó éjt, kislányom.

HÉTFŐ

Léni
| Min vitatkoztatok Zsolttal?
| Olyan volt a fejetek, mintha fel
| akarnátok robbanni.

Tamás
| A születésnapod miatt vitat-
| koztunk.

58

Léni
Miért?
Én mondtam, hogy nem akarok kétszer ünnepelni, jó lenne, ha te is ott lennél.

Tamás
Nem ezen ment a vita.
Ott leszek, de csak 1 órát, mert utána vissza kell jönnöm szolgálatba.

Léni
Ahh, kár.
Nem baj, legalább látlak.

Tamás
Találkozunk még addig, csak két hét múlva lesz.

Léni
Igaz.
Mit kapok?
Autót kapok?
Nem jól tettem fel a kérdést.
MILYEN SZÍNŰ autót kapok?

Tamás
Nem kapsz autót.
Sokszor mondtam már.

Léni
De mikor volt az már?
A lőtéren sem lőttem le senkit.
Csak nem lehetek olyan béna.

59

Tamás
| Befejeztem.

Léni
| Ilyenkor nagyon utállak.
| Ne is hívjál a héten, nem fogok
| ráérni. Csinálom a felelőtlen
| hülyeségeket, amiket szerinted
| csinálok. Pá!

Tamás
| Nem gondoltam, hogy tényleg
| nem veszed fel.
| Jó éjt, kislányom.

KEDD

Tamás
| Jó éjt, kislányom.

SZERDA

Tamás
| Jó éjt, kislányom.

CSÜTÖRTÖK

Tamás
| Tegnap helyszíneltünk.
| Egy lány öngyilkos lett, talán
| Julcsinak hívták.
| Nagyjából veled egykorú.
| Nagyon rossz érzés volt.
| Kérlek, ha már nem veszed fel,
| legalább írj, ha jól vagy.

60

Léni
| Jól vagyok,. apa

Tamás
| Sajnálom, hogy megbántotta-
| lak.

Léni
| Majd úgyis elérem, amit aka-
| rok.
| Mint mindig.

Tamás
| Mint mindig :)

Léni
| Aztaaaaa!
| Az első emojid!

Tamás
| Az mi?

Léni
| Ez a mosolygós arc :)

Tamás
| Ja, nem tudtam, hogy hívják.

Léni
| Mondhatod, hogy szmájli.

Tamás
| Megyek most.
| Szép napot!

Léni
Neked is.

Tamás
Jó éjt, kislányom.

PÉNTEK

Léni
„Családi" nap lesz, majd meg-
csörgetlek.
Visszahívsz majd?

Tamás
Igen.

Léni
Köszcsi, puszcsi.

Tamás
Jó éjt, kislányom.

SZOMBAT

Tamás
Elindultam már másfél órája,
de a hó miatt lassan haladok.
Megyek érted.

Léni
ÓÓÓÓÓ!
Én vagyok felelőtlen?
Te írsz vezetés közben!!!!
Fú, de lebuktál!

Tamás
Egyhelyben állunk 10 perce az autópályán.

Léni
Az szívás.

Tamás
Itt vagyok az utcában, de csak a kisboltnál találtam helyet.

Léni
Megyek!

VASÁRNAP

Tamás
Jó éjt, kislányom!

SZERDA

Léni
Bocs, hogy nemírtam de tök izgi. Ma lesz a buli.

Tamás
Tudom. Ki nem hagynám.

Léni
Nem haragszom, ha nem hozol ajándékot.

Tamás
Itt állok a ház előtt.
Gyere le segíteni az ajándékoddal.

Léni

Miért, nem bírod el egyedül?
Szóljak Zsoltnak?

Tamás

Nem férne be az ajtón.
Ketten sem bírnánk, pedig
négy kereke van
:)

Léni

MIIIIIIIVVVAAAAA-
ANNNNNNN?
Megyek!

Tamás

Még egyszer boldog születés-
napot, kislányom.

Léni

Olyan cukker ez a kocsi!!!!!!
Imádom.
Majd ezzel viszem a csajokat
bulizni, meg minden.

Tamás

Azért óvatosan!
Tudom, hogy ilyenkor nagy a
mehetnék, de jegesek az utak.
Kéne gyakorolni.

Léni

Jó, jó, jó.
Majd Zsolt biztos segít.

Tamás

Jó éjt, kislányom.

CSÜTÖRTÖK

Léni

Ma Dumbóval megyek suliba.
Tudod, ki az?
Az új autóm!!!!!
Szuper nap lesz!

Tamás

Holnap hajnaltól szolgálatban
leszek, nem tudlak majd hívni.

Léni

OK

Tamás

Jó éjt, kislányom.

PÉNTEK

Léni

Vacsi után elmegyünk a lá-
nyokkal teázni.
Dumbóval, persze...

Tamás

Láttam, hogy hívtál, de nem
tudtam felvenni,
Egy ügyfélnél volt
Remélem, jó volt a teázás.
Jó éjt, kislányom.

Léni
Itt Zsolt, Léni telefonján.
Beszéljünk telefonon.
Baleset történt.

Tamás
Ez egy rossz vicc.
Felhívlak.

SZERDA

Tamás
Jó éjt, kislányom.

CSÜTÖRTÖK

Tamás
Jó, éjt kislányom.

PÉNTEK

Tamás
Jó éjt, kislányom.

SZOMBAT

Tamás
Jó éjt, kislányom.

Asztal eladó

VASÁRNAP

Viktor
| Ez megvan még?

Eszter
| Szia.

Viktor
| Ez megvan még?

Eszter
| Szia.

Viktor
| Az asztal megvan még?

Eszter
| Először köszönni kellene.

Viktor
| Bocs.
| Szia.
| Az asztal megvan még?

Eszter
| Igen, megvan.

Viktor
| És mennyibe kerül?

Eszter
| Benne van a hirdetésben.

Viktor
| És hol van?

Eszter
| Ez is benne van a hirdetésben.
| Elolvastad?

Viktor
| Igen.
| De hol pontosan?
| Az egy elég nagy város.

Eszter
| Szomor utca.

Viktor
| Nekem kell az asztal.
| Mikor hozom el?

Eszter
| Ma délután vagy holnap reggel.

Viktor
| Akkor megyek ma.
| 7?

Eszter
| Rendben.

Viktor
| Itt vagyok, melyik ház?

Eszter
| Kijövök.

Viktor
Nem hagytam véletlenül nálatok egy kulcscsomót?
Nem találom.
Az asztal jó lett amúgy.

Eszter
Nem találtunk kulcsokat.

Viktor
Akkor lehet, hogy kiesett az udvaron vagy a kapuban.
Megnéznéd, kérlek?

Eszter
Megnéztük, a férjem sem találja.

Viktor
Visszamegyek akkor, mert máshol nem lehet. Úgyis szívesen találkoznék még veled.

Eszter
Jajj, értem már!
Ez valami csajozós duma?

Viktor
Nem, nem.
Azok az iroda kulcsai, anélkül nem tudom nyitni az irodát.

Eszter
Körülnézhetsz a kertben, de nyolckor dolgunk van, szóval siess.

Viktor
Megyek.
Köszi!
Itt vagyok, kinyitod?
Megvan.
Itt sem vagyok.

Eszter
Hol volt?

Viktor
A tuja tövében.

Eszter
Akkor bocs, pedig mi is néztük.

KÉT HÉTTEL KÉSŐBB

Viktor
Szia.
Nem tudlak kiverni a fejemből.
Nagyon tetszel.
Szeretnék még találkozni ve-
led, Eszter.

Eszter
Állj le!
Van férjem, szólok neki, ha
zaklatsz.

Viktor
Igen, tudom.
A Bence.
Sz. 1984.10.06
Főiskolát végzett, majd terve-
zőirodánál helyezkedett el

70

Manapság fuvarozással foglalkozik, 3 autó van a cége nevén. Becsületesnek tűnik. Még szimpatikus is lehetne, ha nem tudnánk, hogy volt börtönben 1,5 évet, és végrehajtás alatt van a cége. A jelzáloggal is igen nagy csúszásban vagytok. A behajtó is megjelenik hamar. Biztos nagy rajta a nyomás, ezért csal meg az éppen most szőke H. Viviennel.

Eszter
HOGY MI VAN???
Honnan tudsz te ilyeneket?

Viktor
Vannak előnyei, ha az ember magánnyomozó.

Eszter
És hogy a Bence megcsal?
Fura mostanában, de azt hittem, a sok meló miatt.

Viktor
Csak a szőkén dolgozik mostanában sokat. A környéken volt megbízásom, néha elgurultam a ház előtt, amikor nem voltál otthon. Úgy tűnik, kutyasétáltatásnak álcázza a csaj a dolgot, mert mindig viszi azt a kis patkányt is.

Eszter
| Szerintem ez nem igaz.

Viktor
| Ne higgyél nekem, kérdezd
| meg tőle.

EGY HÉTTEL KÉSŐBB

Viktor
| Jól vagy?

Eszter
| Nem.
| Minden igaz volt, amit írtál.

Viktor
| Látod, én nem hazudok neked.
| Vigyázni akarok rád.

Eszter
| Bocs, ez sok most nekem.

Viktor
| Rendben, keress, ha segíthetek
| valamiben.

SZERDA

Viktor
| Küldtem virágokat.
| Remélem, megkaptad és örülsz
| nekik. Arra gondoltam, hogy
| vacsorázhatnánk együtt.
| Mit együnk Édes? kínai, vagy
| olasz esetleg?

Eszter
Sok a dolgom.
Nem tudok most.

PÉNTEK

Viktor
Tudom, hogy péntek van, de
nem ilyen cipőben kéne mutat-
koznod a munkahelyen.
Jobb vagy te ennél, drágám.

Eszter
Miről beszélsz?
Honnan tudod, milyen cipő
van rajtam????

Viktor
Ott álltam a recepciónál, de el-
sétáltál mellettem.
Épp egy másik pasival beszél-
gettél.

Eszter
Ne gyere többet a munkahe-
lyemre!

Viktor
Rendben.
Ha erre kérsz, édes...
De ha megtudom, hogy dugsz
azzal a szemüveges köcsöggel,
akkor elvágom a torkát.

73

Eszter

Elegem van ebből!
Nem vagyok az édesed,
letiltalak a fenébe.

Viktor

Igen, megtehetnéd.
De az miért lenne jó?
Akkor nem tudnánk beszélget-
ni, mindennap meg nem szíve-
sen mennék el hozzád még.

Eszter

Nem, ez azt jelenti, hogy ide
sem jöhetsz.
Nem vagyunk egy pár, sem
semmi.
Mi baj van a fejeddel?
Nem szeretett az anyád?
Pszichopata állat!

Viktor

Biztos megvan a mensid,
azért vagy ilyen feszült.
Hagylak akkor.
Jó éjt. Puszi.

VASÁRNAP

Viktor

Ilyenkor olyan szépen ki van
világítva a folyópart sötétedés
után.
Van kedved lemenni sétálni,
édes?

Viktor
Láttam reggel, hogy bicegtél.
Mi a baj, szívem? Megsérültél?

SZERDA

Viktor
Ma reggel a tükörtojásnak szívecske alakja lett véletlenül.
Azonnal eszembe jutottál :)

CSÜTÖRTÖK

Viktor
Elég türelmes voltam.
És udvarias.
És még egy szép szót sem kaptam vissza.
Kezdesz feldühíteni.
Átmegyek este.

Eszter
Ne gyere át!
Itt vannak a barátnőim, velük bulizom.
Nem érek rá.

Viktor
Be akarsz csapni, édes?

Eszter
Mondtam már, hogy nem vagyok az édesed!
Vendégeim vannak, nem érek rá.

Viktor

Szóval már hazudsz is nekem.
Látom a kamerafelvételen,
hogy egyedül vagy.
Ülsz a kanapén, a kockás pok-
rócban, megint bort iszol.
Túl sokat iszol mostanában.
Látom a kukánál mindig a sok
borosüveget.
Ez most nehéz időszak neked, de
együtt majd túljutunk ezen is.

Eszter

MIIIII???? Miről beszélsz????

Viktor

Az alkoholizmusodról.
Biztos ezért csalt meg a Bence
is, de én kitartok melletted.

Eszter

Milyen kamera??? Te tényleg
őrült vagy.

Viktor

Jó helyen keresgélsz, kicsit
magasabban.

Eszter

Te bekameráztad a házat?????

Viktor

Persze, hogy tudjak rád vigyázni.
Pár nappal azután, hogy elhoz-
tam az asztalt, visszamentem
a házba, amikor dolgoztatok.

76

Nem nehéz bejutni egy ilyen
régi házba.
A szomszéd meglátott a kert-
ben, de megismert, hogy
együtt kerestük a kulcsot ko-
rábban, szóval nem fogott gya-
nút.
Azt mondtam, hogy barátok
vagyunk.
Ja, a reggeli müzlidbe raktam
extra vitamint.
Aki sokat iszik, annak kell az
extra gondoskodás.
Szeretném, ha sokáig egészsé-
ges lennél nekem.

Eszter
Hogy merészeltél idejönni?

Viktor
Azt mondtad, a munkahelyed-
re nem mehetek.
Nem is mentem.
Látod, én nem hazudok neked.
Ha nem mehetek a házhoz, ak-
kor ki rakott volna tisztába
múlt hét szombaton, amikor
kiütötted magad az üveg whis-
kyvel?
Nem volt kellemes, de letöröl-
gettelek, átöltöztettelek, be-
raktalak az ágyba.
Felmostam a hányásod meg a
pisit.
Mi mindent megtesz ember a
szeretteiért!

Eszter

| Ez nem igaz!
| Ez valami hülye játék.
| Elmegyek a rendőrségre.
| Viszem a kamerát is.
| Megmutatok nekik mindent.

Viktor

| Megtehetnéd, de akkor ki
| óvna meg attól, hogy a többi
| felvétel is kikerüljön a netre?
| Sokan undorítónak találná-
| nak, ha felraknád a WC-ben
| készült felvételeket.
| De a zuhanyzósnak sokan
| örülnének.
| Főleg, amikor a lila kis barátod
| is segít „zuhanyozni"
| De nyugi, én nem leszek félté-
| keny egy műanyagdarabra.
| Én tudom, hogy te nem tennél
| ki ilyen felvételeket a netre, de
| a legtöbb ismerősöd nem hin-
| ne neked, ha tagadod.
| Szegény anyádnak így is gyen-
| ge a szíve.

Eszter

| Hány kamerát raktál ki????

Viktor

| 4
| Volt még egy, de azt a volt pa-
| sid elcsomagolta véletlenül.
| Azt nem volt könnyű vissza-
| szerezni.

Amilyen szálkás volt a Bence,
annyira szívós is.
Jó balhé volt.

Eszter
Mit csináltál vele????

Viktor
Fel sem tűnt, hogy hetek óta
nem keres? Látod, igazából nem
is hiányzott.
Azért gondold végig, hogy
belerondítanál a kapcsola-
tunkba azzal, hogy elmész a
zsarukhoz.
Kapnék egy felfüggesztettet,
esetleg egy távoltartásit.
Eddig még egyszer sem tartott
vissza, hogy azzal legyek, akit
szeretek.
Na, tessék, leírtam:
Szeretlek, édes.

Eszter
Ez egy rémálom.

Viktor
De miért?
Főnyeremény vagyok neked, te
meg nekem.
Sosem hazudtam neked, vi-
gyázok rád, gondoskodom ró-
lad, figyelmes vagyok.
Miért ne próbálhatnánk meg?
Már így is az életed része va-
gyok.

79

Eszter
| Össze vagyok zavarodva.
| Annyi minden kavarog ben-
| nem.
| Félek.

Viktor
| Sosem bántanálak.

Eszter
| Akkor átjössz?

Viktor
| Természetesen, mindjárt me-
| gyek, úgyis itt parkolok az ut-
| cában.

Zsuzsuka és Bejus

Zsuzsuka
| Banyek, nem hiszed el, mi
| van!!!!

Bejus
| Nanana!

Zsuzsuka
| Nálam van a gyökér matfiz ta-
| nár telója!

Bejus
| MI???? Hogy?
| Lenyúltad?

Zsuzsuka
| Utolsó óránk volt vele.
| Sietett.
| Ott maradt az asztalán.

Bejus
| És visszaadod neki?

Zsuzsuka
| Amekkora egy csíra, lehet,
| hogy nem fogom.

Bejus
| Mondjuk, ez lopás.

Zsuzsuka
Nem lopás.
Lerakta és otthagyta.
Azé, aki találta.

Bejus
Jó van :D
Szóval, ha találok egy autót az
utcán, akkor az az enyém?

Zsuzsuka
Jól van, tudod te, mire gondolok.
Ne szívd a vérem.

Bejus
Szerintem add vissza.

Zsuzsuka
Nem, nem.
Basszus, mekkora lúzer!
Le sincs védve :D
Simán feloldottam.

Bejus
Neeee!
Ez nagyon nagy!!!!

Zsuzsuka
Látom az üzeneteit, e-mail,
minden.
Erről fogok felhívni minden-
kit,
csinálok nagy számlát.

Bejus
Nehogy!!!
Annak nyoma van
Hogy magyaráznád meg, hogy
a te ismerőseidet hívták róla?

Zsuzsuka
Bakker!
Tényleg!
Megyek haza,
felrakom töltőre, mert le fog
merülni.
Tesómnak van ilyen töltője.
Na, páááá!

SZOMBAT

Bejus
Na, nézegetted a telefont?

Zsuzsuka
Nem még.
Próbálom eldugni, nehogy
megtalálják.
Majd este, amikor lefeküdtem.

Bejus
Ok, majd számolj be :D

Zsuzsuka
Tegnap egy csomószor hívta a
telót a „Lezabel"

Bejus
És felvetted?

Zsuzsuka
Dehogy.
Most jött üzenet.
„Kész a vacsora? A tagság szá-
mít magára"

      Bejus
      Ok

Zsuzsuka
Na, majd később írok.

      Bejus
      Rendicsek.

     VASÁRNAP

Zsuzsuka
Alig vannak számok a lement-
ve neki.
Csak ezzel a Lezabellel beszél
meg chatel.

      Bejus
      Ahogy az a csávó kinéz,
      még ez is csoda :DDD

Zsuzsuka
Arról nem tehet, ahogy az arca
kinéz.
Mondjuk, ha nem lenne egy
pöcs, akkor biztos lennének
barátai.

Bejus
Ok, hogy így született, de
azért csak megcsináltathatná
ennyi idősen?
Nem?

Zsuzsuka
Hát, ja.
HOPP!
Elszállt a SIM.
Gondolom, most tiltotta le.

Bejus
És akkor wifin van vagy? Hogy
nézed?

Zsuzsuka
Ahhoz nem kell net, hogy né-
zegesd, dinka.
Ezek rajta vannak a telóján.

Bejus
Jól van, na.
Tudod, hogy nem értek ehhez.
Nem is tudom, hogy lehet élni
net nélkül.
Felkötném magam egy nap
után.

Zsuzsuka
Az tuti.
AWC-n is azt nyomod :DDDD

Bejus
Honnan tudod, mit nyomok?

Zsuzsuka
| Hallom :DDD

Bejus
| :DDDD

Zsuzsuka
| Este majd nézem tovább.

Bejus
| Oksa.

Zsuzsuka
| Levelezik az „Kedvenc ínyen-
cek társaságával".
Biztos arról jött az SMS.
Recepteket sült húsról, kol-
bászról.

Bejus
| De cringe!
Mi is ilyenek leszünk 60 évesen?
Vagy hány éves ez a csávó egy-
általán?

Zsuzsuka
| A felvételi lapja szerint 41.

Bejus
| Ufff, akkor extra szarul néz ki.

Zsuzsuka
| Figyeld, mit írt a bemutatko-
zásba:
„A társadalom tudományos
munkám ellenére páriaként

kezel nem mindennapi megje-
lenésem miatt." Bla-bla-bl.

Bejus
Wow!
No shit,
captain obvious.

Zsuzsuka
:DDDD
Várjá', van még.
„Mindig biztosan érez-
tem, hogy a kulináris örö-
mök képviselik a szofiszti-
káltság legmagasabb szintjét,
ugyanakkor begyöpösödött
társadalmunk csak az elit elől
nem zárja el az orgazmikus fo-
gásokat."

Bejus
Hát ennek az egyik felét nem
értem, a másiktól meg hányok
mindjárt :DDD

Zsuzsuka
A képek között csak kajaképek
vannak. Lépésenként, hogy
keveri az ételt. Bazz!
Van egy köténye is :DDDD
Na, mindegy.
Holnap megyünk át a szom-
szédhoz pofavizitre.
A csajnak új pasija lett.
Gondolom, dicsekedni akar
vele.

Bejus
Jól van.
Holnap nem leszek bent.
Fogorvos.
Utálom a Szabit, de legalább
ilyenkor nem kell bemennem.

Zsuzsuka
Milyen Szabi? Kit rejtegetsz
előlem, csaje???

Bejus
Hát...
tudod:
Fog Szabi
:DDDDDD

Zsuzsuka
Jujjjj!
Majd úgy csinálunk, mintha
ez sosem történt volna meg
:DDDDD

Bejus
:DDDD

HÉTFŐ

Zsuzsuka
Most értünk vissza a szom-
szédtól.
Rohadt boring volt.

Bejus
A telóval történt valami?

88

Zsuzsuka

Nézem.

Írt a „Beszerzés" üzenetet.

2 kg zöldség és 2 kg gyümölcs

25 ezer.

Holnap reggel lehet átvenni.

Bejus

Most írt?

Nincs letiltva?

Nem drága az egy kicsit?

Zsuzsuka

Mit t'om én.

Nem most jött.

Van kép is,

de ezen darált hús van.

Bejus

Fura.

A kimenő üzeneteket is látod?

Zsuzsuka

Nem, azokat törölte.

Bejus

Akkor nézz bele a kukába.

Zsuzsuka

ÓÓÓÓ, ez jó ötlet.

Bejus

Na, ugye, tudok én.

Megvannak a ragyogó pillanataim.

Zsuzsuka

Megtaláltam a rendelést, amit
elküldött a beszerzésnek.
BASSZUS!
Ne!
Ne!
Ne!
Ne!
Hányok.

Bejus

Mi? Mi? Mi?
Felhívjalak?

Zsuzsuka

Ne, mindenki alszik.

Bejus

Na, mit találtál?

Zsuzsuka

:I
„Rendelésem a következő:
– 2 kg zöldség, kistestű, ivaros,
kölyök darálva
– 2 kg gyümölcs, ivartalanított
nőstény darálva (darálja bele a
májat, vesét, szívet is)"

Bejus

?????

Zsuzsuka

Ez nem zöldség meg gyümölcs.
Ez kutya és macska.

Bejus
Hogy mi van????
Azt sütik, főzik?
Ne, már ez nagyon gáz!

Zsuzsuka
Bejelölt engem Lezabel.

Bejus
WTF!
Azt hogy?
Honnan tudja, ki vagy?

Zsuzsuka
Jött egy kép Lezabeltől.
„Tiszteletbeli vacsoravendég
jövő héten."
Még tölt...
Be akar szervezni, vagy mi?
RÓLAM!
Ez rólam küldött képet!
Honnan van rólam képe???
Azt hiszem, valaki bejött házba!
ITT VANNAK!
Segíts!!!!

Bejus
Mi?
Valaki betört hozzátok????

Zsuzsuka
Elbújtam.

Bejus
Zsuzsu!!!!!!
Itt vagy?

91

Hívom a rendőrséget.
Zsu.
Zsu.
Azt mondta, úton vannak.
Kérlek, írj.
Bármit.
Most hívott vissza a rendőr.
Azt mondta, nem találtak senkit a házban.
Kint bújtál el?????
Hol vagy???????

Zoézoé és Timikehehe

Zoézoé
| Végre leléptem otthonról!

Timikehehe
| Hogy mi van, csajszi?????

Zoézoé
| Elegem volt. Lelépek.
| Van egy kis zsém.

Timikehehe
| De hova mész???
| Engem itthagysz???

Zoézoé
| Majd tudósítok :D

Timikehehe
| Na de mégis...
| Hol fogsz lakni? Hol vagy most?

Zoézoé
| Azt inkább nem írom le, ne-
| hogy lebukjak, és ha nem tu-
| dod, akkor hazudnod sem kell
| anyádéknak, hogy nem tudod,
| hol vagyok.
| Amúgy is nagyon carul ha-
| zudsz. Annyi elég, hogy egy
| buszon ülök. Van pénzem, töl-
| tőm, majd lesz valahogy.
| Bárhol jobb, mint otthon.

Timikehehe
| Miért mentél el? Mi történt?
| Apádék csináltak valamit?

Zoézoé
| Ők nem csináltak semmi rosz-
| szat, de rossz híreket kaptam.
| Jobb most egyedül
| Világot látok :DDD
| Te is utazgatni akartál.

Timikehehe
| Há' jó van, de nem így.
| Nem értelek.
| Mondd már, miért mész el!

Zoézoé
| Majd jelentkezem.
| Pussssszzzzzz!

Timikehehe
| Oké.

HÉTFŐ

Timikehehe
| Egy másik csaj is eltűnt az ut-
| cából.
| Azt hiszik, együtt vagytok.

Zoézoé
| Ja, nem, egyedül vagyok.
| Leszálltam a buszról.
| Találtam egy mekit, beültem,
| kajáltam.
| Addig töltött a teló.

94

Most nagyon királyul érzem
magam.
Előbb kellett volna.

Timikehehe
És nem is aludtál?

Zoézoé
De, a buszon.
Aludtam jobban, de nem volt
rossz.
Néha otthon sem alszom 4
órát.

Timikehehe
4 óra? Milyen busz az? Kör-
be-körbe mész?

Zoézoé
Hát távolsági, milyen :DD

Timikehehe
Jahh...
Erre nem gondoltam.
És hova mész?
Voltak itt is rendőrök, kérdez-
tek engem is, hogy hol vagy.
Mondtam, hogy nem tudom,
csak, hogy elmentél.
Anyádék azt üzenik, hogy nem
haragszanak semmiért, bármi-
kor hívhatod őket.
Várnak haza.

Zoézoé

Na, tessék. Nem kellett hazud-
nod a rendőröknek :DDD
Megyek, majd írok,
pááááá!

Timikehehe

Vigyázz magadra, vöröske!

KEDD

Zoézoé

Összehaverkodtam srácokkal a
pályaudvaron.
Nagyon chill mindegyik.
Meghívtak kajálni.

Timikehehe

Uhh, milyen alakok azok?
Kéregető csövesek?

Zoézoé

Dehogy.
Csak poénból kéregetnek,
ezzel szívatják egymást,
hogy ki szerez legtöbbet.
A nyertes lesz a „Király" a napra.

Timikehehe

Hát ez nem hangzik jól.
Vigyázz velük,
gondolom, oka van, hogy csö-
veznek.

Zoézoé

Mindegyiknek van hol laknia.
Nem azért vagyunk itt, mert
ne lenne.
Ugye nekem is van hol laknom,
Csak nem akarok lakni valahol,
Csak lenni, jól érezni magam.
Unom már ezt az anyáskodást.

Timikehehe

Jól van, bocsi.
Nem úgy értettem.
Sajnálom.

Zoézoé

Viszont nincs már pénz a kár-
tyámon netre, szóval wifis
helyről írok.

Timikehehe

De tudsz enni valamit?

Zoézoé

Ja, persze, no para.
Na, pussz!

SZERDA

Timikehehe

Na, mizu?
Jól vagy?

PÉNTEK

Zoézoé

Nem.

Timikehehe
| MI A BAJ????

Zoézoé
| Bulizni mentünk a srácokkal.
| Vettek vodkát, van egy üres
| kis ház az egyik töltésnél.
| Mindegy.
| Tök jó volt kicsit marhulni,
| erre jól berúgtak, aztán nem
| csak táncolni akartak.
| Az egyik nagyon bepörgött,
| Megütött, meg lelökött a földre.
| A másik kettő leszedte rólam,
| de összeverekedtek.
| Nagyon megijedtem, és elro-
| hantam. Ott maradt minden
| ruhám. Visszamentem tegnap,
| de már nem volt ott semmi.
| Nem merek visszamenni a srácokhoz.

Timikehehe
| Basszus!
| Hívtad a rendőrséget?

Zoézoé
| Nem.
| Hazavinnének.

Timikehehe
| És akkor most mi lesz?

Zoézoé
| Felülök egy másik buszra.
| Megyek tovább.
| Majd írok, ha lesz wifi.

Timikehehe
| Szerintem gyere haza.

KEDD

Zoézoé
| Na, itt vagyok.

Timikehehe
| Hol vagy? Jó helyen?

Zoézoé
| Úrihölgy vagyok, nem szoktam
dicsekedni, de egy 4 csillagos
szállodában vagyok.
Épp készülök a masszázsomra,
utána ejtőzöm kicsit a jakuzzi-
ban, esetleg fogyasztok egy kis
| koktélt a bárban.

Timikehehe
| Azta! Ennyire jól megy?

Zoézoé
| Nekem nem, de Sandra Hüb-
schülnek igen.

Timikehehe
| ??? Az ki?

Zoézoé
| Egy nagyon kedves hölgy, aki
volt szíves ájultan feküdni egy
parkban.
Szerencsére nem tiltakozott,
| amikor kivettem a tárcáját.

99

Timikehehe
TE KIRABOLTÁL VALA-
KIT????

Zoézoé
Nem, nem.
Be volt rúgva.
Csak kivettem a tárcáját.
Csak megtaláltam.
Legalább be tudtam jelentkez-
ni, normálisan lefürödtem.

Timikehehe
De ez akkor is gáz.
Kéregetni egy dolog,
és mi lesz, ha lebuksz????

Zoézoé
Mi lenne?
Nem érted, milyen helyzetben
vagyok?
Ne okoskodj!

Timikehehe
Segítene megérteni a helyze-
ted, ha elmondanád.

Zoézoé
Na, pá! Megyek úszni.

PÉNTEK

Zoézoé
A recepciós picsa kihívta a zsa-
rukat. Lépnem kell, pedig ezt
az életet bírtam :DDD

Timikehehe
| Majd írj, hogy mi lett a vége.

Zoézoé
| Most egy csövestanyán va-
gyok, de itt tudjuk fogni a ben-
zinkút wifijét.
A kutas jó fej, Megengedi, hogy
töltsem a telót.
Ha söprögetek a kút körül, ad
szenyát.

Timikehehe
| Nem félsz megint a csövik kö-
zött?

Zoézoé
| Ezek ártalmatlanok szerintem.
Nem is nagyon mennek sehova.
Nekem meg fáj a lábam egy
ideje, én sem mászkálok sokat.

Timikehehe
| Mitől fáj a lábad?

Zoézoé
| Amikor menekülnöm kellett a
srácok elől, üvegbe léptem.
Sokáig fájt, aztán nem.
Most megint egyre jobban,
Kicsit büdös is már.

101

Timikehehe

Meg kéne mutatni egy orvos-
nak valahogy.

Zoézoé

Majd elmúlik, nem lessz gond.

EGY HÉTTEL KÉSŐBB

Zoézoé

Na, szia.

Timikehehe

Na, mizu?
Próbáltalak hívni.

Zoézoé

Láttam, de nem tudtam fel-
venni.
Sepregettem a benzinkúton,
és összeestem.
Pont tankolt egy rendőr, hívott
mentőt, behoztak kórházba.

Timikehehe

Te jó ég!!!!
Mi történt????

Zoézoé

A lábam nagyon csúnya.
Lázam is volt. Azt mondták,
elfertőződött. De nem kell le-
vágni. Értesítették az otthoni
rendőrséget,
Mert körözés volt rajtam.
Itt vannak már anyámék is.